CHAPITRE 11 UNE HISTOIRE QUI NE TIENT QU'À UN FIL

BLA
MINORI A DÛ ALLER À UNE RÉUNION DE PRODUCTEURS ! C'EST TOMBÉ À LA DERNIÈRE MINUTE !
BLA
MAIS C'EST FASTIDIEUX DE RÉCOLTER SEULE, NON ?
BLA
ALORS JE SUIS VENUE T'AIDER... AH !
HA HA HA !
QUELLE CRUCHE, JE NE ME SUIS MÊME PAS PRÉSENTÉE !
JE SUIS AKEMI, LA MÈRE DE MINORI !
RAVIE DE TE RENCONTRER, SARA !
RAVIE DE VOUS RENCONTRER AUSSI...
...
BON !
ON S'Y MET ?!
OU... OUI !
WOUH
ELLE MANQUE PAS D'ÉNERGIE, LA MAMAN DE MINORI !
LA SAISON DÉMARRE EN MARS, LORSQUE LES TEMPÉRATURES COMMENCENT À REMONTER
AH OUI, Y EN A UN PAQUET DE MÛRES... TU T'EN SORTIRAS JAMAIS TOUTE SEULE !
ON VA BIENTÔT ENTRER DANS LA PLEINE SAISON DE LA RÉCOLTE !
MAIS... ET VOTRE EXPLOITATION À VOUS ?
TE TRACASSE PAS, ON EST UN PEU EN AVANCE, CETTE ANNÉE !

DILI LING
♪
QUOI ?! TU VAS RENTRER TARD ?!
ON FAIT COMMENT, ALORS ?
?
EUH... IL Y A UN PROBLÈME ?
OH, TU AS ENTENDU MA CONVERSATION ?
EN FAIT, ON AVAIT PRIS RENDEZ-VOUS CHEZ LE TOILETTEUR...
MINORI DEVAIT LES AMENER, MAIS SA RÉUNION VA DURER PLUS LONGTEMPS QUE PRÉVU
HEIN ?
VOUS AVEZ DES CHIENS ?!
JE SAVAIS PAS !
EH OUI !
J'AI DU MONDE À LA MAISON CET APRÈS-MIDI, JE NE POURRAI DONC PAS M'ABSENTER...
TANT PIS, JE VAIS DEVOIR ANNULER
ON DEVRA LES PROMENER PLUS TARD AUSSI...
ATTENDEZ... ET SI J'Y ALLAIS, MOI ?

VRAM
C'EST MOI...
AH !
BONSOIR !
BIENVENUE CHEZ TOI !
?!
SARA ?! QU'EST-CE QUE TU FAIS ICI ?
EH BIEN...
J'AI ACCOMPAGNÉ LES TOUTOUS CHEZ LE TOILETTEUR AVANT DE LES PROMENER... PUIS TA MAMAN A VOULU QUE JE RESTE POUR LE DÎNER
AH BON ? TU N'AS PAS EU DE PROBLÈME AVEC EUX ?
NON, J'ADORE LES CHIENS, TOUT S'EST BIEN PASSÉ ! ILS ÉTAIENT UN PEU SUR LEURS GARDES AU DÉBUT...
T'ES QUI, TOI ?
?!
MAIS ILS M'ONT ACCEPTÉE
OBÉISSANCE TOTALE
OUI, JE VOIS QU'ILS SONT SOUS LE CHARME

TU N'AS QUE 20 ANS, SARA ?
FRANCHEMENT, TU M'IMPRESSIONNES !
HIROSHI PÈRE DE MINORI
C'EST DUR DE TROUVER DES JEUNES QUI VEULENT BIEN AIDER DANS LES EXPLOITATIONS
OH, JE LE FAIS AVEC PLAISIR...
MINORI EST LE PORTRAIT CRACHÉ DE SON PÈRE !
LE PAPA BEAU GOSSE !
SCRONTCH
SCRONTCH
SCRONTCH
ILS SE RESSEMBLENT COMME DEUX GOUTTES D'EAU, HEIN ?
AH !
OUI... C'EST TROUBLANT...
MÊME LEUR VOIX EST SIMILAIRE ! TOUT LE MONDE LES APPELLE « LE PETIT SUGIURA » ET « LE GRAND SUGIURA » !
MÊME QUE L'AUTRE FOIS...
BLA
NON MAIS JE RÊVE !
C'EST TOI QUI AS RÉPANDU CES SURNOMS À LA NOIX ! ET JE SUIS PAS UN NABOT, C'EST PAS MA FAUTE SI CE GAMIN EST DEVENU UN GÉANT !
BLA
BLA
BLA
...
PAR CONTRE, LEUR CARACTÈRE EST TRÈS DIFFÉRENT...
IL N'A PAS PRIS CELUI DE SA MÈRE NON PLUS
ZIEUTE

JE ME DEMANDE SI MINORI RESTERA AUSSI BEAU EN VIEILLISSANT ?
ZIEUTE
AH !
PARDON ?!
DÉSOLÉ, MES PARENTS SONT TRÈS BAVARDS
NON, PAS DU TOUT !
J'ADORE LES DISCUSSIONS ANIMÉES À TABLE !
TON GRAND-PÈRE REVIENT LA SEMAINE PROCHAINE, C'EST ÇA ?
ÇA N'A PAS DÛ ÊTRE FACILE POUR TOI DE TOUT APPRENDRE SUR LE TAS !
OH...

JE SUIS ENCORE EN VACANCES
JE COMPTAIS LUI DONNER UN COUP DE MAIN JUSQU'À LA RENTRÉE
ELLE VA CONTINUER À TRAVAILLER ?
J'AVAIS L'INTENTION DE VOUS AIDER ENCORE UN PEU, MOI AUSSI
HEIN ? MAIS TU AS DÉJÀ TANT FAIT POUR NOUS... JE NE VEUX PAS T'EMBÊTER PLUS LONGTEMPS...
ÇA M'EMBÊTE PAS
ET PUIS MORI N'AURA PAS RETROUVÉ TOUTE SA MOBILITÉ À LA SORTIE DE L'HÔPITAL
ON VA ENCORE SE VOIR ?

MERCI POUR TOUT !
BONNE SOIRÉE
JE LA RACCOMPAGNE
REVIENS QUAND TU VEUX !
VRAM...
CLAC
DIS-MOI, HIROSHI...
OUI, AKEMI ?
T'AS VU ÇA ?! MINORI N'A PAS QUITTÉ SARA DES YEUX DE LA SOIRÉE !!
J'AI REMARQUÉ, OUI ! IL DOIT ÊTRE SACRÉMENT MORDU !!
MES CLÉS...
JE SUIS SI CONTENTE...

L'HEURE DE LA FIN N'A PAS ENCORE SONNÉ
OH ! IL Y A DE LA LUMIÈRE DANS LES SERRES !
HEIN ?
AH OUI... C'EST LA PREMIÈRE FOIS QUE TU EN VOIS DE NUIT
CE SONT LES NÔTRES
TU VEUX ALLER JETER UN ŒIL ?
OUI !
VRAM...

WAOUH ! C'EST SI JOLI !

TU TROUVES ?
JE SUIS HABITUÉ, ÇA DOIT ÊTRE POUR ÇA...
C'EST PAREIL DANS LES SERRES DE TON GRAND-PÈRE, TU SAIS
AH BON ?! J'AI JAMAIS REMARQUÉ LES AMPOULES...
JE NE SAVAIS PAS QUE ÇA RESTAIT TOUT LE TEMPS ÉCLAIRÉ...
LES FRAISES POUSSENT PLUS LENTEMENT, LA NUIT
IL FAIT NUIT, AU DODO...
Z Z Z
LA LUMIÈRE FAIT CROIRE AUX PLANTES QU'ON EST TOUJOURS EN PLEINE JOURNÉE
BLINK
TU LES FAIS BOSSER LA NUIT ? MAIS C'EST DU TRAVAIL FORCÉ !
T'ES DURE, CE SONT DE SIMPLES PLANTES...
C'EST DRÔLE, TOUS TES PLANTS SONT SUR LE MÊME NIVEAU
IL DOIT Y AVOIR PLUSIEURS FAÇONS DE FAIRE...

J'AVAIS LA MÊME INSTALLATION QUE CHEZ TON GRAND-PÈRE, AVANT
PLUSIEURS FACTEURS JOUENT SUR L'AGENCEMENT...
MAIS ÇA PERMET DE RÉCOLTER PLUS FACILEMENT, COMME ÇA
ET ÇA ÉVITE DE SE BAISSER !
ON EST OBLIGÉ DE SE PENCHER QUAND IL Y A DEUX NIVEAUX
BZZ
BZZ
CETTE AMPOULE VA BIENTÔT GRILLER...
IL VAUDRAIT SANS DOUTE MIEUX PASSER À UN SEUL ÉTAGE POUR MON GRAND-PÈRE... ÇA COÛTE CHER COMME INSTALLATION ?
BZZ
BZZ
UN PETIT PEU...
MAIS JE NE CROIS PAS...
QUE MORI CONTINUERA À PRODUIRE DES FRAISES ENCORE LONGTEMPS

QUOI ?
AH...
C'EST JUSTE UNE INTUITION...
IL FAIT POUSSER DE MOINS EN MOINS CHAQUE ANNÉE
IL NE VA PAS POUVOIR CONTINUER TRÈS LONGTEMPS TOUT SEUL, À SON ÂGE... ET IL N'A AUCUN SUCCESSEUR
LES AUTRES PRODUCTEURS PENSENT QU'IL VA ENCORE TRAVAILLER DEUX OU TROIS ANS...
AVANT DE PRENDRE SA RETRAITE POUR DE BON
PAPY VA ARRÊTER LES FRAISES ?

TU EN SAIS PLUS SUR MON GRAND-PÈRE QUE MOI...
C'EST NORMAL, ON TRAVAILLE DANS LA MÊME BRANCHE
PAPY !
MAMIE !
TENEZ ! C'EST POUR LA RÉCOLTE !
SPLOSH
OH LÀ LÀ, ELLES SONT TOUTES ÉCRASÉES !
ON VA PAS LES GÂCHER, QUAND MÊME ! ALLEZ, MANGE-LES !
C'EST BON ?
NON, C'EST ACIDE...
HA HA HA !

ALORS LES SERRES DE MES GRANDS-PARENTS...
VONT DISPARAÎTRE ?

UNE SEMAINE PLUS TARD
PAAAF !
FÉLICITATIONS ! ON EST CONTENTS DE TE REVOIR !
AH !!
VOUS ÊTES MALADES !
QUELLE IDÉE DE FAIRE PEUR À UN PAUVRE VIEILLARD ?!
OUPS
PENSEZ À MON CŒUR, NOM DE NOM !
PARDON...
IL PARAÎT QUE TU VAS CONTINUER À NOUS AIDER, MON PETIT NORI ?
MERCI !
OUI
TANT QU'ON EST EN PLEINE SAISON
BON, ON S'Y MET ?
OUIII !
JE MEURS D'ENVIE DE SAVOIR CE QU'IL SE PASSE ENTRE EUX...
ZIEUTE

AH !
PAPY ! JE ME SUIS OCCUPÉE DE CE CÔTÉ-LÀ CE MATIN !
ALLONS VOIR L'AUTRE ENSEMBLE ...
PAPY !
BRR
WOH...
ATTENTION !
ÇA VA ? TA JAMBE TE FAIT MAL ?
NON, NON ! J'AI SEULEMENT TRÉBUCHÉ, CE N'EST RIEN

JE NE M'ÉTAIS PAS APERÇUE QU'IL AVAIT PRIS UN SI GROS COUP DE VIEUX...
TU SAIS, À SON ÂGE, C'EST NORMAL D'AVOIR DES PROBLÈMES D'AUDITION
TU AVAIS RAISON, MINORI...
IL NE VA PAS POUVOIR CONTINUER INDÉFINIMENT ...
SARA...
POURQUOI VOUS RESTEZ PLANTÉS LÀ ? ALLEZ, AU BOULOT !

PAPY, MÊME APRÈS LES VACANCES...
JE CONTINUERAI À VENIR T'AIDER APRÈS LES COURS
HEIN ?
ÇA VA FAIRE TROP POUR TOI ! C'EST TA DERNIÈRE ANNÉE, TU VAS BIENTÔT DEVOIR CHERCHER UN EMPLOI !
JE NE POURRAI PAS VENIR TOUS LES JOURS, MAIS J'ESSAIERAI D'ÊTRE LÀ LE PLUS POSSIBLE !
TU AS PASSÉ L'ÂGE DE FAIRE DES FOLIES !
REPOSE-TOI UN PEU SUR MOI !

BON, D'ACCORD ...
J'ACCEPTE TON AIDE
SUPER !
CE N'EST PAS PARCE QUE JE VIENS DONNER UN COUP DE MAIN DE TEMPS À AUTRE...
QUE ÇA CHANGERA QUELQUE CHOSE
IL FINIRA PAR VENDRE LES SERRES, C'EST INÉVITABLE
MAIS SI JE PEUX LE SOULAGER UN PEU...
?
HUM

DIS DONC... ÇA ME DÉRANGE PAS QUE TU TE SERVES DE MOI COMME EXCUSE POUR CONTINUER À VOIR NORI...
PARDON ?
PS
ST
MAIS VOUS ÊTES ALLÉS JUSQU'OÙ, TOUS LES DEUX ?
QUOI ?!
QU'EST-CE QUE TU VAS T'IMAGINER ?! Y A RIEN DU TOUT ENTRE NORI ET MOI !!
HEIN ?!
ARRÊTE TON CHAR ! ÇA CREVAIT LES YEUX À L'HÔPITAL !
T'ATTENDS QUOI AU JUSTE ? IL EST BEAU GARÇON, SI TU TE DÉPÊCHES PAS, QUELQU'UN VA FINIR PAR TE PASSER DEVANT...
JE... JE SAIS... MAIS...
HEIN ?!
COMMENT TU SAIS QU'IL ME PLAÎT ?!
QUOI ?!
PARCE QUE TU TE CROYAIS DISCRÈTE ?!

QUE CE SOIT BIEN CLAIR : JE N'AI PAS DÉCIDÉ DE T'AIDER POUR CONTINUER À LE VOIR, J'ÉTAIS SINCÈRE !!
AH... AH BON ? DÉSOLÉ ALORS...
C'EST VRAI...
J'ÉTAIS TELLEMENT INQUIÈTE POUR MON GRAND-PÈRE QUE ÇA M'ÉTAIT COMPLÈTEMENT SORTI DE LA TÊTE
?
JE VAIS CONTINUER À LE VOIR ENCORE UN PEU...
TU... TU ES SÛR ?
TU VAS NOUS AIDER ENCORE QUELQUE TEMPS ?

OUI...
JE M'INQUIÈTE UN PEU POUR LE VIEUX MORI
JE ME FAIS DU SOUCI...
C'EST LA VÉRITÉ
MAIS J'AI ÉGALEMENT ENVIE DE PASSER DU TEMPS À TES CÔTÉS

SI TU TE DÉPÊCHES PAS, QUELQU'UN VA FINIR PAR TE PASSER DEVANT...
JE DOIS VITE...
LUI DÉCLARER MA FLAMME
NORIII !!
MAIS J'AI DU MAL À TROUVER LE COURAGE !
J'AI TROUVÉ UN NOUVEAU SALON DE THÉ QUI FAIT DE BONS DESSERTS !
HMM...
SLURP
THÉ
ALORS Y A VRAIMENT RIEN ENTRE EUX ?
EN PAUSE

CETTE HISTOIRE DATE DES 21 ANS DE MINORI ET DES 8 ANS DE SARA
OH ! TU ES LE FILS AÎNÉ DES SUGIURA ?!
AH... VOUS ÊTES M. MORITANI, C'EST ÇA ? BONJOUR...
IL ME SEMBLAIT BIEN QUE C'ÉTAIT VOS SERRES, ICI...
TU T'APPELLES MINORI, SI MA MÉMOIRE EST BONNE ? TU DEVIENS PLUS GRAND À CHAQUE FOIS QUE JE TE VOIS !
FRR
HUM
VOICI MA PETITE-FILLE
SES PARENTS TRAVAILLENT AUJOURD'HUI, ALORS JE LA GARDE
TU DIS PAS BONJOUR, SARA ?

B... BONJOUR... JE M'APPELLE SARA MORITANI
ELLE A PEUR DE MOI...
BONJOUR ...
EN PLEIN BAVARDAGE
QUOI ?! MAINTENANT ?!
DÉSOLÉ DE TE DEMANDER ÇA, MINORI... MAIS TU POURRAIS SURVEILLER SARA PENDANT UN MOMENT ?
PAS DE SOUCI
MERCI MILLE FOIS ! JE ME DÉPÊCHE !
HOP HOP
QU'EST-CE QUE TU FAIS ?
TAP...
IIIK !

*Jour férié en l'honneur des personnes âgées, qui a lieu le troisième lundi du mois de septembre (NdT).

J'EN AI TROUVÉ PLEIN, PLUS LOIN
SARAAA !
TIENS, PAPY !
POUR QUE TU VIVES LONGTEMPS ET EN BONNE SANTÉ !

CHAPITRE 12 LE WHITE DAY

*Fête célébrée le 14 mars, où ceux qui ont reçu du chocolat à la Saint-Valentin offrent un cadeau en remerciement (NdT).

*Environ 3,15 euros (NdT). **Environ 3,80 euros (NdT).

RAMEN
TONKO
MERCI POUR LE REPAS
OH, JE TE PARLE !
MAIS ÉCOUTE-MOI !!
LE WHITE DAY, HEIN...
J'AVAIS COMPLÈTEMENT OUBLIÉ...
DU FAIT MAISON !
C'ÉTAIT TELLEMENT BON
JE DOIS LUI RENDRE LA PAREILLE...
POUR SON CADEAU DE SAINT-VALENTIN
L'APRÈS-MIDI MÊME
ZIEUUUTE
...

QU'EST-CE QUE JE POURRAIS BIEN LUI OFFRIR ?
ZIEUUUTE
MINORI ?
J'AI UN TRUC SUR LE VISAGE ?
OUI ! DES YEUX, UN NEZ ET UNE BOUCHE !
C'EST LA PREMIÈRE FOIS QUE JE CHERCHE UN CADEAU POUR LE WHITE DAY... AUCUNE IDÉE NE ME VIENT...
CELA DIT...
J'AI TRÈS ENVIE...
DE VOIR SA RÉACTION

FWIP
FWIP
JE POURRAIS L'INVITER À DÉJEUNER OU À DÎNER...
MAIS JE SUIS PAS SÛR QU'UN REPAS DANS UN RESTAURANT DE PLATS ÉPICÉS SOIT TRÈS ROMANTIQUE...
SAUF QU'À PART ÇA... JE NE SAIS PAS TROP CE QU'ELLE AIME...
...
HUMPF
OH !
CES MASCOTTES... C'EST PAS CELLES DU MAGASIN QUI VIENT D'OUVRIR DEVANT LA GARE ?
BLAM
Y AVAIT UNE DE CES QUEUES POUR L'OUVERTURE ! ÇA DOIT CARTONNER !
?

BOUM
LA LI LOU ! LA LI LOU ! OH OH ! ♫
BOUM
TOURBIZYEUX TOURBIZYEUX ♫
NOS YEUX TOURBILLONNEUH ♪
TOURBI TOURBI ZYEUX ZYEUX !
NOS YEUX TOURBILLONNEUH
BOUM
TCHAK
BOUM
TCHAK
LA LI LOU ! OH OH !
ÇA ME PARLE, CE MACHIN...
!
RIN EN A UN SUR SA COQUE DE TÉLÉPHONE
MAIS OUI ! SARA A PLUSIEURS PRODUITS DÉRIVÉS DU LAPIN !

LE LENDEMAIN
...
LE VOILÀ, MON CADEAU !
CE TRUC-LÀ
SHA LALA !
TOURBIZYEUX
BIENVENUE ☆
JE VAIS ME TAPER L'AFFICHE SI JE RENTRE SEUL LÀ-DEDANS !
TOURBIZYEUX
JE VAIS TROUVER AUTRE CHOSE...
FWISH

...
BURGER SHOP West
C'EST DÉJÀ LE WHITE DAY, DEMAIN
ON ES LE 13 ?
AH OUI, TU AS RAISON
ÇA TE FAIT NI CHAUD NI FROID ?
KAORUKO IKEDA AMIE DE SARA
T'AVAIS PAS OFFERT DES CHOCOLATS À UN CERTAIN MINORI ?
SI, MAIS JE DOUTE QU'IL M'OFFRE QUOI QUE CE SOIT EN RETOUR
?
MES CHOCOLATS L'AVAIENT UN PEU LAISSÉ DE MARBRE
IL NE DOIT PAS ÊTRE TRÈS SAINT-VALENTIN...
SLURP
JE NE M'ATTENDS DONC À RIEN, MÊME SI JE SERAIS RAVIE D'AVOIR UN CADEAU...

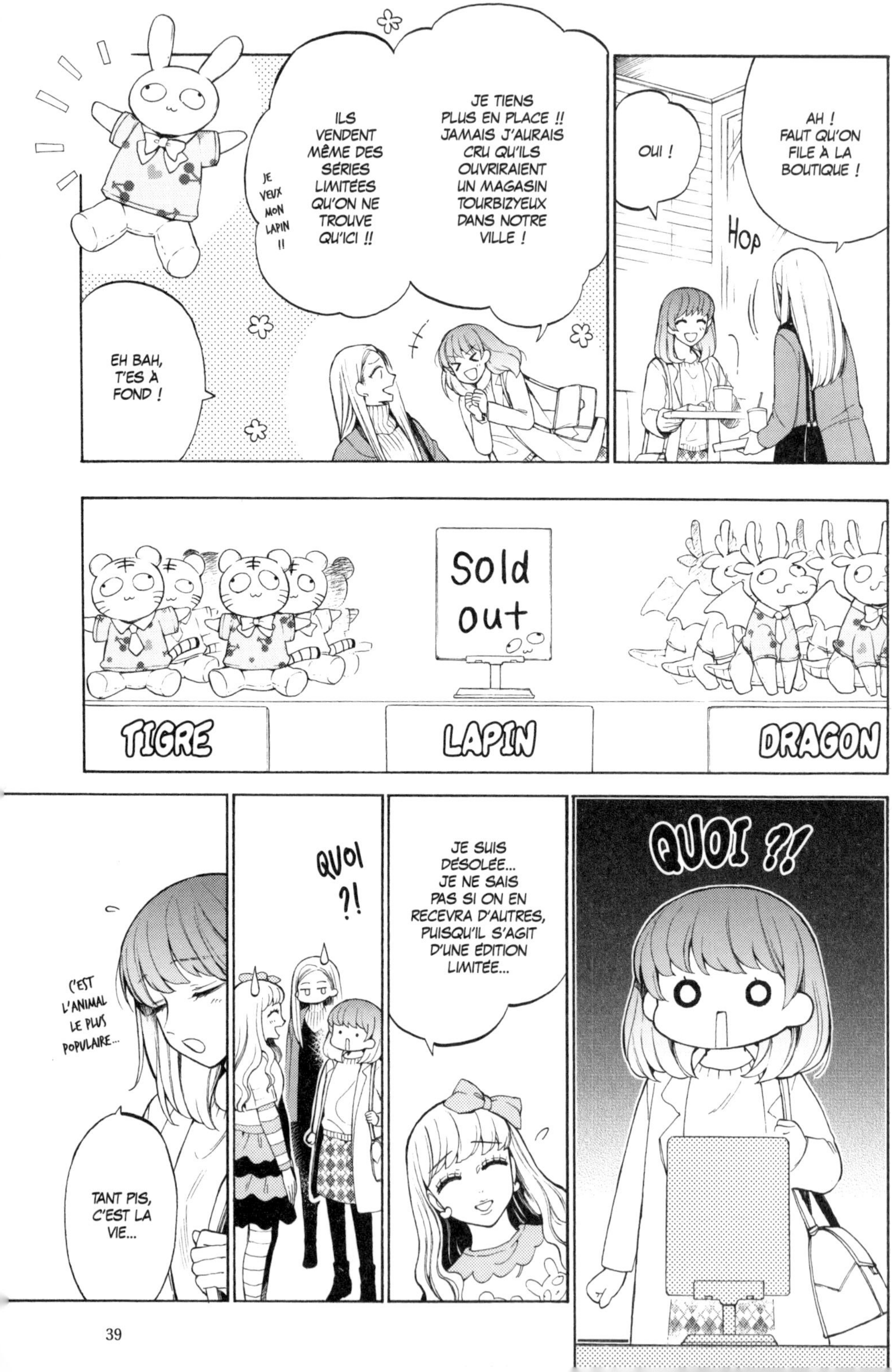
AH ! FAUT QU'ON FILE À LA BOUTIQUE !
OUI !
Hop
JE TIENS PLUS EN PLACE !! JAMAIS J'AURAIS CRU QU'ILS OUVRIRAIENT UN MAGASIN TOURBIZYEUX DANS NOTRE VILLE !
ILS VENDENT MÊME DES SÉRIES LIMITÉES QU'ON NE TROUVE QU'ICI !!
JE VEUX MON LAPIN !!
EH BAH, T'ES À FOND !
Sold out
TIGRE
LAPIN
DRAGON
QUOI ?!
JE SUIS DÉSOLÉE... JE NE SAIS PAS SI ON EN RECEVRA D'AUTRES, PUISQU'IL S'AGIT D'UNE ÉDITION LIMITÉE...
QUOI ?!
C'EST L'ANIMAL LE PLUS POPULAIRE...
TANT PIS, C'EST LA VIE...

HOP
JE VAIS PRENDRE CELUI-LÀ À LA PLACE !
?
POURQUOI LUI ?
LE LENDEMAIN
ET DONC...
JE SUIS ALLÉE À LA BOUTIQUE HIER, MAIS LE TRUC QUE JE VOULAIS ÉTAIT EN RUPTURE DE STOCK !
TU CHERCHAIS QUOI ?
JE CHERCHAIS...
UNE PELUCHE DE CE LAPIN EN SÉRIE LIMITÉE !
J'AI COMMENCÉ À ACHETER DES GOODIES DE CETTE MASCOTTE PARCE QUE JE SUIS DE L'ANNÉE DU LAPIN... ET J'AI FINI PAR DEVENIR ACCRO !

C'EST VRAI QUE C'ÉTAIT LE DERNIER...
HEIN ?
FRR
FRR
CE SAC...
CRISH

JE VOULAIS TE REMERCIER POUR LES CHOCOLATS
TU...
...
AH !
TU ES ENTRÉ TOUT SEUL DANS CETTE BOUTIQUE ?!
TOURBIZYEUX

J'AI HÉSITÉ UN MOMENT AVANT DE PASSER LA PORTE
MAIS JE N'AVAIS PAS D'AUTRE IDÉE DE CADEAU...
POF
GLING GLING
JE VOUS RECOMMANDE L'ÉDITION LIMITÉE AVEC LA CHEMISE ADODORABLE !
ADO... ADODORABLE ?
SCRATCH SCRATCH
ALORS J'AI RAVALÉ MA FIERTÉ...
JE VEUX PLUS JAMAIS Y METTRE LES PIEDS...
MINORI EST ALLÉ LÀ-BAS TOUT SEUL...
RIEN QUE POUR MOI ?

JE SUIS TOUCHÉE
MERCI

DES CHOCOLATS ?
TU LUI AS OFFERT DES CHOCOLATS MAISON À LA SAINT-VALENTIN ?!
ET IL T'A ACHETÉ UNE PELUCHE POUR TE REMERCIER ?!
WOUSH
WOUH HOU !
CALME TA JOIE ! VA PAS T'IMAGINER DES CHOSES !!
ILS VONT FAIRE LA PAIRE ♡
HEIN ?
AH, DÉSOLÉE ! JE PARLE TOUTE SEULE !
C'EST MOI !
CLAC
♫ ♪

POURQUOI LUI ?
...
MINORI EST NÉ L'ANNÉE DU TIGRE !
HI HI !
C'EST COMME SI ON ÉTAIT ASSORTIS, LUI ET MOI !

Mini fraise ⑫ Rien dans le ventre

MINORI !
J'AI DÉCOUVERT UN NOUVEAU CAFÉ SYMPA !

SARA...
OUI ?
ZIEUTE
?
...
EUH... ÇA TE DIT QU'ON AILLE LE TESTER, UN DE CES QUATRE ?
OUI, AVEC PLAISIR !
VRAIMENT RIEN DANS LE VENTRE

18 HEURES : FIN DE LA JOURNÉE DE TRAVAIL
ÇA CAILLE ! IL FAIT ENCORE FROID, LE SOIR !
J'AURAIS DÛ PRÉVOIR UNE VESTE !
METS ÇA POUR RENTRER
HEIN ?
MAIS TU VAS AVOIR FROID !
ÇA VA ALLER, J'HABITE JUSTE À CÔTÉ
SPLOF
UNE SECONDE... ON DIRAIT QUE JE PORTE...
LA VESTE DE SON MEC !!
C'ÉTAIT PAS DU TOUT SON INTENTION

SAUF QU'ON N'EST PAS EN COUPLE...
ELLE NAGE DEDANS...
HUM
D... D'ACCORD, JE TE LA PIQUE, ALORS !
OH, ÇA SENT LE TABAC... MAIS L'ODEUR DE MINORI EST ENCORE PLUS FORTE...
SNIF
AH !
PARDON, ÇA DOIT PUER LA CLOPE ! JE VAIS LA REPRENDRE...
NON !
ÇA ME DÉRANGE PAS, PUISQUE C'EST TOI...
GH...
BOUM
À DEMAIN !

Le goût des FRAISES

CHAPITRE 13 LES VOIES DE L'AMOUR SONT IMPÉNÉTRABLES

SARA A REPRIS LES COURS ET VIENT DE MOINS EN MOINS SOUVENT
DÉSOLÉE PAPY, JE ME SUIS PAS RÉVEILLÉE !
C'EST PAS GRAVE, T'EN FAIS PAS !
ÇA FAISAIT LONGTEMPS... DIX JOURS, JE CROIS ?
C'EST ÇA !
PARDON, JE N'AI PAS EU LE TEMPS DE PASSER...
NE T'EXCUSE PAS...
JE PENSAIS ÊTRE ASSEZ DISPONIBLE POUR AIDER MON GRAND-PÈRE...
MAIS JE NE PEUX ME LIBÉRER QU'UNE FOIS PAR SEMAINE, TOUT AU PLUS
À CAUSE DE ÇA, JE NE VOIS PRESQUE PLUS MINORI
ÇA ME REND UN PEU... NON...
TRÈS TRISTE

SI ON PASSAIT À LA VITESSE SUPÉRIEURE, ON POURRAIT SE VOIR EN DEHORS DU TRAVAIL...
LA VITESSE SUPÉRIEURE...
AH !
NON MAIS ÇA VA PAS ?! ON EST AU BOULOT, LÀ !
C'EST PAS L'HEURE DE FANTASMER !
NON !
NON !
ON A DÉJÀ DÎNÉ ENSEMBLE ET ON S'EST MÊME OFFERT DES CADEAUX...
MAIS JE N'AI PAS LA MOINDRE IDÉE DE CE QU'IL RESSENT POUR MOI
JE N'AI NI LE COURAGE NI L'ASSURANCE NÉCESSAIRE POUR FAIRE LE PREMIER PAS...
SI ÇA CONTINUE COMME ÇA...
ON RISQUE DE RESTER « COLLÈGUES » À TOUT JAMAIS

À LA PAUSE DE MIDI
HEIN ?
TU VEUX PASSER LE PERMIS ?!
TOI ?!
OUI ! J'AI COMMENCÉ LES COURS À L'AUTO-ÉCOLE CETTE SEMAINE !
JE ME SUIS DIT QU'AVEC UNE VOITURE, JE POURRAIS T'ÊTRE BEAUCOUP PLUS UTILE, PAPY !
TIENS, TON CAFÉ
HEIN ?
SANS DOUTE, OUI...
JE SAIS PAS QUOI EN PENSER...
J'AI L'IMPRESSION QU'ELLE NE PENSE QU'AU TRAVAIL, DEPUIS LA RENTRÉE
ÇA ME TOUCHE QU'ELLE S'INQUIÈTE POUR MOI, MAIS TOUT DE MÊME...
J'ESPÈRE QU'ELLE NE NÉGLIGE PAS SES ÉTUDES...

JE TROUVE QU'ELLE S'EN SORT À MERVEILLE. ELLE A MÊME ESPACÉ SES VISITES POUR SE CONCENTRER SUR LA FAC...
J'ESPÈRE QU'ELLE NE SE SURMÈNE PAS, PAR CONTRE...
...
TU SAIS, NORI...
QUAND SARA ARRÊTERA DE VENIR ICI...
MOI, JE POURRAI TOUJOURS LA VOIR QUAND JE VEUX
?
MAIS TOI, SI TU CONTINUES COMME ÇA, TU VAS FINIR PAR TE LA FAIRE PIQUER PAR UN AUTRE GARS
PFF !
BLA
MORI ...
ON EST ENCORE DANS LES RÉCOLTES, ALORS TON AIDE M'EST PRÉCIEUSE, MAIS UNE FOIS EN ÉTÉ... Y AURA QUE LES GRAINES À PLANTER, JE PEUX FAIRE ÇA TOUT SEUL
TU SAISIS ? C'EST MAINTENANT OU JAMAIS !
EN AMOUR, TOUT EST QUESTION DE TIMING ! C'EST PAS LE MOMENT DE LAMBINER, MON PETIT !
BLA
MORI, JE...
ATTENDS...
STOP ! UNE SECONDE, MORI !

JE M'EN DOUTAIS DÉJA...
MAIS TU AVAIS DEVINÉ ?
HÉ HÉ !
TU SAVAIS QUE SARA ME... ENFIN, QUE JE...
QUE T'EN PINCES POUR SARA ? BIEN SÛR !
HI HI !
CES MOMENTS OÙ VOUS AUREZ DES PRÉTEXTES POUR VOUS VOIR NE DURERONT PAS
TU DOIS LUI FAIRE PART DE TES SENTIMENTS, SI TU VEUX DU SÉRIEUX !
ÇA TE GÊNE PAS QUE JE SOIS AMOUREUX DE TA PETITE-FILLE ?
HA HA HA !
C'EST SÛR QUE ÇA FAIT BIZARRE !

MAIS LÀ, JE TE DONNE UN CONSEIL EN TANT QU'AMI !
ALLEZ, ON RETOURNE BOSSER !
PAF
PAF
HI HI !
HI HI !
ENFIN, SI SARA SORTAIT AVEC NORI...
JE SERAIS RASSURÉ DE LA SAVOIR AVEC QUELQU'UN DE BIEN !
MAINTENANT, J'ARRÊTE DE M'EN MÊLER
MÊME SI ÇA ME DÉMANGE
C'EST À EUX DE SE JETER À L'EAU
TU AS QUELQUE CHOSE SUR LA JOUE
AH... JE ME SUIS RENVERSÉ DE L'EAU...

CES MOMENTS OÙ VOUS AUREZ DES PRÉTEXTES POUR VOUS VOIR NE DURERONT PAS
TU DOIS LUI FAIRE PART DE TES SENTIMENTS, SI TU VEUX DU SÉRIEUX !
TERREAU
SARA...
ÇA TE DIRAIT DE DÎNER AVEC MOI, UN SOIR ?
OH !
OUI, AVEC JOIE !

PRÉPARATION DES SEMIS
PAR CONTRE, J'AI COURS À L'AUTO-ÉCOLE PLUSIEURS SOIRS D'AFFILÉE CETTE SEMAINE... MAIS JE SUIS LIBRE JUSTE APRÈS !
OK, JE PEUX VENIR TE CHERCHER À LA SORTIE...
TERREAU
DANS TROIS JOURS, SI ÇA TE VA ?
BROOOM
BROM
BROM
TROIS JOURS PLUS TARD
AUTO-ÉCOLE DU CENTRE-VILLE
J'ai terminé !
Minori
J'arrive tout de suite

SALLE N°1
HI HI HI !
ACCUEIL
AUTANT RÉSERVER MES PROCHAINES HEURES...
UNE CONDUITE SÛRE
J'AIMERAIS RÉSERVER DE NOUVEAUX CRÉNEAUX
TRÈS BIEN
TAKEZAWA
CETTE FILLE... JE CROIS QUE JE L'AI DÉJÀ VUE QUELQUE PART...
QUE CHOISIR...
T'AS TERMINÉ ?
QUOI ? SUGIURA NE VIENT PAS BOIRE DES COUPS CE SOIR NON PLUS ?
C'EST LA TROISIÈME FOIS QU'IL REFUSE...
TU PARLES DU MEC QUI TE PLAISAIT AU COLLÈGE ? À CE STADE-LÀ, TU DEVRAIS LAISSER TOMBER !
HORS DE QUESTION ! QUAND TU RETROUVES UN GARÇON QUI TE PLAISAIT DÉJÀ IL Y A DIX-HUIT ANS...
ET QUE VOUS ÊTES TOUS LES DEUX CÉLIBATAIRES, FAUT SE LANCER !
CE SERAIT DOMMAGE DE PASSER À CÔTÉ...

FWIT
SUGIURA ? QU'EST-CE QUE TU FAIS ICI ?
AH, VOILA MINORI...
HEIN ?
OH ? TAKEZAWA ?
JE TRAVAILLE ICI !
IL CONNAÎT MME TAKEZAWA DE L'ACCUEIL ?
JE ME SUIS CACHÉE SANS RÉFLÉCHIR...
QUAND TU AURAS UN MOMENT...
ÇA TE DIRAIT QU'ON AILLE DÎNER ENSEMBLE... RIEN QUE TOI ET MOI ?

QUOI ?
AH...
AHEM... ÇA M'EMBÊTE PAS QU'ON SORTE AVEC TOUTE LA BANDE...
MAIS ÇA ME GÊNERAIT QU'ON SE RETROUVE SEULS TOUS LES DEUX
DÉSOLÉ
DI LI LING ♫
WAH !
SARA !
S...
TIP TIP
SALUT...

MONTE
OUI !
AH !
ÇA Y EST, JE ME SOUVIENS ! C'EST LA FILLE AVEC QUI IL A DISPARU L'AUTRE SOIR !
À PLUS, TOUT LE MONDE
TAP TAP
BONSOIR
QUOI ? TU VIENS PAS ?!
À PLUS
OU... OUI !
À LA PROCHAINE !
EFFECTIVEMENT, J'AURAIS DÛ ABANDONNER...
J'AVAIS AUCUNE CHANCE !
EUH... TU CONNAIS TAKEZAWA, ALORS ?
OUI...
ON ÉTAIT DANS LA MÊME CLASSE AU COLLÈGE

MAIS ÇA ME GÊNERAIT QU'ON SE RETROUVE SEULS TOUS LES DEUX
ET...
ÇA NE TE GÊNE PAS...
D'ALLER MANGER SEUL AVEC MOI ?
ZIEUTE
TOI...

TOI ET MOI, ON TRAVAILLE ENSEMBLE...
ALORS ÇA NE ME DÉRANGE PAS, NON...
OUI, JE COMPRENDS ...
NON MAIS JE RACONTE N'IMPORTE QUOI ! POURQUOI J'ESSAIE DE L'EMBOBINER ?!
ZUT, JE ME SUIS FAIT DE FAUX ESPOIRS...
FAUT QUE JE LUI DISE TOUT !
LE PAVILLON DES AZALÉES
RESTAURANT CORÉEN
BONSOIR !

JE DOIS ME LANCER !
MIAM ♡
CROUNCH
CROUNCH
ÇA ARRACHE... QUEL BONHEUR ♡
YAHOU
FAN DE PLATS ÉPICÉS
JE DOIS...
C'EST SI BON QUE ÇA ?
...
OUI ♡
JE FONDS...
DÉLICIEUX
COMMENT UN ÊTRE AUSSI MIGNON PEUT-IL EXISTER ?
CE PLAT-LÀ A L'AIR D'ENVOYER AUSSI, ÇA TE TENTE ?
CARRÉMENT !
MIAAAM ♡

NOUS ALLONS PRENDRE LES DERNIÈRES COMMANDES
AH...
MINCE...
DANS CE CAS, EST-CE QU'ON NE PRENDRAIT PAS PLUTÔT UN DESSERT ?
ÇA S'EST TRANSFORMÉ EN UN REPAS ORDINAIRE...
REGARDE, ILS ONT DE LA GLACE À LA FRAISE !
JE PRENDS !
PFIOU !
ÇA FAISAIT LONGTEMPS QU'ON N'AVAIT PAS MANGÉ ENSEMBLE, JE SUIS CONTENTE !
OUI...
MOI AUSSI...
TU AS L'AIR DÉBORDÉE AVEC LA FAC

OUI, C'EST LE MOINS QU'ON PUISSE DIRE
JE COMPTE PASSER LE CERTIFICAT D'APTITUDE À L'ENSEIGNEMENT, ALORS J'AI PLUS DE COURS À VALIDER QUE LES AUTRES...
MON EMPLOI DU TEMPS EST TRÈS CHARGÉ
TU VEUX DEVENIR PROF ?
OUI
J'AIMERAIS ENSEIGNER AU COLLÈGE OU AU LYCÉE
J'AI EU LA CHANCE DE TOMBER SUR DES PROFS EN OR
QUAND J'ÉTAIS EN MATERNELLE, MES PARENTS TRAVAILLAIENT TOUS LES DEUX ET VENAIENT TOUT LE TEMPS ME CHERCHER EN RETARD...
MAIS MA MAÎTRESSE RESTAIT TOUJOURS JOUER AVEC MOI JUSQU'À CE QU'ILS ARRIVENT

AU COLLÈGE, QUAND J'AI INTÉGRÉ L'ORCHESTRE...
MA PROF ÉTAIT TOUJOURS LÀ POUR M'AIDER À PROGRESSER
SARA EN 4E
ON A MÊME PLEURÉ TOUTES LES DEUX LE JOUR DE MON GRAND RÉCITAL
J'AI GRANDI EN ADMIRANT MES PROFESSEURS...
QUITTE À TRAVAILLER ...
AUTANT CHOISIR UN MÉTIER QUE J'APPRÉCIE
JE COMPRENDS
...
SARA ?
AH, C'EST RIEN !
JE ME DISAIS JUSTE QU'IL ME RESTAIT ENCORE BEAUCOUP À APPRENDRE !

TU VAS ÊTRE DE PLUS EN PLUS OCCUPÉE, ALORS ÉVITE DE TE METTRE DE LA PRESSION EN PLUS
JE SUIS LÀ POUR AIDER TON GRAND-PÈRE, NE T'INQUIÈTE PAS POUR LUI, D'ACCORD ?
SEULEMENT...
MERCI BEAUCOUP
MAIS...
ÇA ME REND TRISTE DE NE PLUS TE VOIR AUTANT QU'AVANT...
PAREIL
COMMENT ?
JE LUI MANQUE AUSSI ?

BOBOM
SA...
PARDON DE VOUS DÉRANGER, MAIS NOUS ALLONS BIENTÔT FERMER...
AZALÉES
RESTAURANT CORÉEN
MERCI, AU REVOIR !
VRAAAM
JE SUIS MAUDIT !
...
MINORI SE COMPORTE BIZARREMENT ...
ZIEUTE

BOBOM
BOBOM
IL N'EST PAS COMME D'HABITUDE
HII...
EUH...
J'AVAIS OUBLIÉ, CETTE ROUTE EST BARRÉE ! ON EST JUSTE À CÔTÉ, JE VAIS MARCHER !
TRAVAUX
CLAC
MÊME SI C'EST À CÔTÉ, JE NE VAIS PAS TE LAISSER RENTRER TOUTE SEULE, C'EST DANGEREUX
HEIN ? MAIS...
TU VIENS ?

MORITANI
AH !
ON... ON EST ARRIVÉS
MERCI DE M'AVOIR RACCOMPAGNÉE
GWIP

IL NE VEUT PAS ME LÂCHER...
EUH... AU FAIT...
JE NE POURRAI REVENIR AUX SERRES QUE DANS UNE SEMAINE, ALORS...
UNE SEMAINE ENTIÈRE ? ENCORE ?
JE... JE SUIS DÉSOLÉE ! JE SAIS QUE TU ES TRÈS OCCUPÉ AUSSI !
ET TU PRENDS QUAND MÊME LE TEMPS DE PRÊTER MAIN-FORTE À MON GRAND-PÈRE !
NON, C'EST PAS CE QUI ME DÉRANGE !
C'EST JUSTE QU'ON S'EST VUS TOUS LES JOURS ENTRE JANVIER ET AVRIL...
OUI...

MAINTENANT QU'ON SE VOIT MOINS... ÇA ME LAISSE COMME UN VIDE...
OUI...
POUR MOI...
TE RETROUVER TOUS LES JOURS ÉTAIT DEVENU UNE ÉVIDENCE
OUI...
GH...
LE FAIT QUE JE RISQUE DE TE VOIR ENCORE MOINS À L'AVENIR...
M'INSUPPORTE
SARA...

JE NE VEUX PLUS CHERCHER D'EXCUSES COMME LE BOULOT OU UN DÎNER POUR TE VOIR
J'AIMERAIS QU'ON PUISSE SE RETROUVER DÈS QU'ON EN A ENVIE

MOI AUSSI...

HEIN ?
HEIN ?
MORITANI
PARDON ?
QUOI ?
UN DUO LONG À LA DÉTENTE…
EUH...
J'AI PAS ÉTÉ TRÈS DIRECT...
MAIS...
TU AS COMPRIS OÙ JE VOULAIS EN VENIR ?

OUI...
JE CROIS...
JE RESSENS LA MÊME CHOSE POUR TOI...
DEPUIS LE DÉBUT

MINORI...

FRR
PAR CONTRE...
J'AI BESOIN DE L'ENTENDRE POUR DE VRAI
MORITANI
D...
D'ACCORD
SARA, JE SUIS...
BLOM

QU'EST-CE QUE VOUS FAITES ?
PAPA ?
QUOI ?!

Mini fraise ⑭ Le bras de fer

...
SA MAIN EST SI DOUCE...
VEXATION EXTRÊME
GRR...
TU VEUX TA REVANCHE ?
ARRIÈRE-PENSÉE ACTIVÉE
STRAWBERRY
PRÊTS ? PARTEZ !
HOP
VLAM
WAOUH, C'EST VRAI QUE TU ES BALÈZE !
(OSCAR DU PIRE ACTEUR)
ON FAIT LA BELLE ?
STRAWBERRY
NON !
T'AS PAS MIS UN GRAMME DE FORCE !
TU TE FICHES DE MOI !

Mini fraise ⑮ La phobie

COFFEE
T'AS BIEN BOSSÉ
MERCI !

ON NE PARLAIT PAS ENCORE TROP ET IL M'INTIMIDAIT TOUJOURS UN PEU...
MAIS ON AVAIT UN PETIT RITUEL QUE J'ATTENDAIS CHAQUE FOIS AVEC IMPATIENCE : NOTRE DISCUSSION AUTOUR D'UN CAFÉ
TU DOIS EN AVOIR MARRE DE M'ENTENDRE CRIER TOUS LES JOURS !
ÇA VA UN PEU MIEUX QU'AU DÉBUT, CELA DIT...
NON, NON...
ELLE PASSE D'UNE EXPRESSION À L'AUTRE À LA VITESSE DE LA LUMIÈRE. DANS CES MOMENTS-LÀ, ELLE ME FAIT CRAQUER...
MAIS BON... JE PEUX PAS LUI AVOUER ÇA...
JE VAIS M'ACCROCHER !

Je dois aller à la fac demain, finalement >_<
Ça te dérange pas si je m'absente deux heures pendant la matinée ?
« OK »...
MMH...
ZZZ...
ZZZ...
ÇA Y EST, IL A RÉPONDU !
O
?

7 H 30
MINORI EST EN RETARD
JE DEVRAIS PEUT-ÊTRE COMMENCER SANS LUI ?
8 H 10
ÇA SENT LA PANNE DE RÉVEIL... JE FERAI MIEUX D'ALLER LE SECOUER
SUGIURA
DING DONG
LA PORTE D'ENTRÉE EST OUVERTE, MAIS JE NE VOIS PERSONNE...
IL EST 8 HEURES ?!
VLAN
TAP TAP
VRAM
AH !

DÉSOLÉ ! JE ME SUIS PAS RÉVEILLÉ !
FROUSH
J'ARRIVE TOUT DE SUITE !
HOP
D... D'ACCORD
IL...
IL EST TORSE NU !!
MAIS Y A ENCORE PLUS PERTURBANT...
C'EST TROP !
BOBOM
BOBOM
BOING
BOING
C'EST QUOI CET ÉPI DE L'ESPACE ?!

UN SOIR
PSHHHHH
LA VACHE, IL TOMBE DES CORDES !
ON FAIT QUOI ? ON NE PEUT PAS LAISSER LES FRAISES SE PRENDRE UNE SAUCÉE !
HUM...
J'Y VAIS, ATTENDS-MOI ICI
HEIN ?
C'EST LE DÉLUGE...
AAAH !
TAP
MINORI ?!

AAAH !
TAP TAP
MAIS...
JE T'AVAIS DIT DE RESTER DANS LA SERRE
PAS QUESTION ! SI JE NE T'AIDE PAS, TU VAS FINIR TREMPÉ JUSQU'AUX OS !
VITE ! IL NE NOUS RESTE QU'UN ALLER-RETOUR !
WOH !
AAAH !
SPLOSH...
J'AVAIS APPORTÉ UNE SERVIETTE... TU LA VEUX ?
T'EN FAIS PAS POUR MOI, SÈCHE-TOI
TU ES SÛR ?

HOU LÀ... MON CHOUCHOU EST GORGÉ D'EAU
SPLISH
ÇA VA PAS DU TOUT...
GH...
FROUSH
FROUSH

NE T'ESSUIE PAS AVEC TA VESTE ! PRENDS PLUTÔT MA SERVIETTE !
''''
FLAP
AAAAH !
JE T'AI DIT DE PAS T'INQUIÉTER
OK...
BOBOM
...
BOBOM
DUR DUR D'ÊTRE À TOMBER PAR TERRE...

CHAPITRE 14 TOUT VIENT À POINT À QUI SAIT ATTENDRE

ELLE EST TOUTE PETITE...
HUM...
GNIII
IL... IL VA M'ÉTOUFFER !
HÉLAS...
TOUT PARTAIT POURTANT SI BIEN...
QU'EST-CE QUE VOUS FAITES ?
PA...
PAPA ?

CRAC
SON PÈRE ?
AH...
EUH...
SALE...
PERVERS !! LÂCHE MA FILLE TOUT DE SUITE !
SPLASH
PAPA ! NON !!

WOUSH
WOUSH
ESPÈCE DE VAURIEN ! ÉLOIGNE-TOI D'ELLE !
SARA, APPELLE LA POLICE !
PAPA, ARRÊTE !!
C'EST MINORI SUGIURA !
LE GARÇON QUI M'AIDE AU TRAVAIL DEPUIS JANVIER !
CLIC
OH...
EUH... ENCHANTÉ DE TE RENCONTRER... JE VOULAIS TE REMERCIER DE PRENDRE AUTANT SOIN DE MON PÈRE ET DE MA FILLE !
JE COMPTAIS ALLER TE VOIR BIENTÔT POUR TE TÉMOIGNER MA GRATITUDE...
FWIP FWIP FWIP
INUTILE, TATSUO A TANT FAIT POUR MOI, CES DERNIÈRES ANNÉES...
AH OUI !
IL M'AVAIT DIT QU'IL AVAIT UN AMI BIEN PLUS JEUNE QUE LUI...
C'EST SON PRÉNOM
AU VIEUX MORI

MAIS POURQUOI TU ENLACES MA FILLE DEVANT CHEZ MOI ?!
ÇA N'A AUCUN RAPPORT AVEC LE TRAVAIL !
VOUS MARQUEZ UN POINT
MAIS ARRÊTE DE CRIER !
VSH
FRP
MONSIEUR MORITANI ? QUELQUE CHOSE NE VA PAS ?
AHEM...
IL SE FAIT TARD, JE VAIS RENTRER
HEIN ?
FWIP
VLAN
EXPLIQUE-TOI TOUT DE SUITE !
TAP
TAP

JE... J'AI RIEN À TE DIRE...
VOUS VENEZ DE RENTRER ?
NON...
NE ME DIS PAS QU'IL A ESSAYÉ DE TE FORCER LA MAIN ?!
PAS DU TOUT !! MINORI ET MOI, ON EST...
AH !
BREF, NE TE FAIS PAS DE SOUCI POUR MOI
B... BONNE NUIT !
CLAC

IL S'EST PASSÉ QUELQUE CHOSE ?
RISA MÈRE DE SARA
EH BIEN, EN FAIT...
TAKAO PÈRE DE SARA
IL LA TENAIT DANS SES BRAS ?
QU'Y A-T-IL DE MAL À ÇA ? ILS NE SORTENT PAS ENSEMBLE ?
ILS SONT ENSEMBLE ?!
JE N'EN SUIS PAS SÛRE... MAIS SARA LUI A OFFERT UNE ÉCHARPE ET DES CHOCOLATS, ALORS J'ÉTAIS PERSUADÉE QUE OUI...
COMMENT TU SAIS ÇA ?
PAR TON PÈRE !

ILS DEVAIENT DÎNER ENSEMBLE CE SOIR
TON PÈRE M'AVAIT PRÉVENUE
JE TOMBE DES NUES...
J'AI BEAU ÊTRE SON FILS, TU LUI PARLES VISIBLEMENT PLUS QUE MOI...
CLIC
BREF, JE SUIS PAS RASSURÉ... IL EST BEAUCOUP PLUS VIEUX QU'ELLE...
ET IL A L'AIR LOUCHE... INTIMIDANT, MÊME. IL NE M'A PAS FAIT BONNE IMPRESSION
DEPUIS QUAND TU JUGES À L'APPARENCE ? TU LE CONNAIS MÊME PAS !
...
SARA ET TON PÈRE S'ACCORDENT TOUS LES DEUX POUR DIRE QUE C'EST QUELQU'UN DE SUPER
TU DEVRAIS AVOIR HONTE
GH...
!
J'AI CRU QU'IL ESSAYAIT DE LA TRIPOTER, ALORS JE LUI AI BALANCÉ DE L'EAU AU VISAGE...
MAIS C'EST TERRIBLE ! EXCUSE-TOI, LA PROCHAINE FOIS QUE TU LE VOIS !

VLAN
ÉVIDEMMENT QU'IL NE M'A PAS FORCÉ LA MAIN...
JE NE VEUX PLUS CHERCHER D'EXCUSES COMME LE BOULOT OU UN DÎNER POUR TE VOIR
J'AIMERAIS QU'ON PUISSE SE RETROUVER DÈS QU'ON EN A ENVIE
NOS SENTIMENTS...
FWIP
SONT RÉCIPROQUES
QUAND J'ÉTAIS TOMBÉE MALADE, J'AVAIS COMMENCÉ À ESPÉRER...
JE CROYAIS QUE JE ME FAISAIS DES IDÉES...
MAIS J'AVAIS VU JUSTE

MINORI EST AMOUREUX DE MOI...
BLUSH
AAAH ! C'EST DINGUE !
JE RÉALISE PAS DU TOUT !
WOUSH
ATTENDS...
IL N'A JAMAIS DIT QU'IL ÉTAIT AMOUREUX DE MOI...
C'ÉTAIT BIEN UNE DÉCLARATION, NON ?
J'AI UN DOUTE, TOUT À COUP...
CONCRÈTEMENT...
IL N'A JAMAIS DIT QUE JE LUI PLAISAIS, QU'IL M'AIMAIT OU QU'IL VOULAIT QU'ON SOIT ENSEMBLE...

DI LI LING ♫
AH !
!
MINORI
MINORI
Tu viendras travailler dimanche prochain, c'est ça ?
On finira notre conversation à ce moment-là
On finira notre conversation à ce moment-là
Oui...

JE VEUX LUI DIRE CE QUE JE RESSENS EN FACE...
WOUH
ATCHOUM
IL FAIT FRAIS CE SOIR...
BRR
LUN
MAR
FAC
MER
JEU
AUTO-ÉCOLE
VEN
SAM
DIMANCHE

ZIEUTE
ZIEUTE
QU'EST-CE QUE T'ATTENDS ? ON S'Y MET OU QUOI ?
OÙ EST MINORI ?
AH !
CHEZ LUI
IL EST CLOUÉ AU LIT ! J'AI ESSAYÉ DE L'APPELER, MAIS C'EST SA MÈRE QUI A RÉPONDU...

QUOI ?!
POURQUOI TU CRIES ?!
IL EST MALADE ?
MAIS... ET LA SUITE ?
ON DEVAIT FINIR NOTRE DISCUSSION !
DAIFUKU À LA FRAISE ACHETÉS POUR MINORI
TIENS, J'AI RÉPONDU À TA PLACE
VA CHEZ LE MÉDECIN, OK ?
...
CLAC
CLAC

Tu n'es pas trop mal en point ?
C'EST SARA...
TIC TIC
« NON, ÇA VA ALLER »
« DÉSOLÉ DE NE PAS POUVOIR VENIR »
C'EST PAS JUSTE, JE LUI AVAIS PROMIS DE TOUT LUI DIRE...
Pas de soucis ! Repose-toi bien ^^
...
« PAS DE SOUCIS », TU PARLES... JE SUIS SÛR QU'ELLE EST DÉÇUE...
MINORI ...
AVAIT RAISON
DOM

EN FIN DE JOURNÉE
MINORI N'EST JAMAIS TOMBÉ MALADE DEPUIS QUE JE LE CONNAIS...
J'ESPÈRE QUE ÇA VA...
C'EST PEUT-ÊTRE À CAUSE DE MON PÈRE...
COUCOU SARA ! TU FINIS DE RANGER TOUTE SEULE ?
MADAME SUGIURA ! ÇA FAISAIT LONGTEMPS !
QUELLE ÉNERGIE !
OUAF
OUAF
AU FAIT... COMMENT VA MINORI ?
HONNÊTEMENT ? IL EST EN PITEUX ÉTAT !
QUOI ?
À CE POINT-LÀ ?

JE REVIENS TOUT DE SUITE !
?
VOUS POUVEZ LUI DONNER ÇA POUR MOI ?
CE SONT DES DAIFUKU À LA FRAISE... IL LES ADORE
OH, MERCI !
TU DEVRAIS LES LUI APPORTER TOI-MÊME
IL SERAIT RAVI
AH, MAIS IL NE FAUDRAIT PAS QUE TU ATTRAPES SA CRÈVE...
N...
NON !
JE VAIS ALLER LE VOIR !
JE COMMENCE À M'INQUIÉTER. ET PUIS...

J'AI TELLEMENT ENVIE DE LE VOIR
HÉ HÉ !
BONJOUR...
VRAM
ENTRE SANS FRAPPER ! LA CHAMBRE DE MINORI EST AU FOND DU COULOIR !
VOILÀ

C'EST LA PREMIÈRE FOIS QUE JE VAIS VOIR SA CHAMBRE... ÇA ME REND UN PEU NERVEUSE...
BOBOM BOBOM
TIENS ? SA PORTE EST OUVERTE...
MI...
MINORI...

C'EST QUOI CE CIRQUE ?

T'ES QUI, TOI ?
JE TE RETOURNE LA QUESTION !
BRR
EUH...
JE... JE SUIS VENUE VOIR MINORI...
...
POURQUOI...
EST-CE QU'IL NE DIT RIEN ?

HI HI !
AH, TU DOIS ÊTRE SARA
TU NOUS AS APPORTÉ À MANGER ?
ELLE PARLE COMME SI...
ELLE ÉTAIT TRÈS PROCHE DE LUI !
MERCI, C'EST GENTIL
TAC
HEIN ?
ATTENDS...
CLAC
Q... QUOI ?!

BOISSONS (¥100)
COLA, JUS D'ORANGE, THÉ
ON A MONTÉ UN CAFÉ POUR MON FESTIVAL CULTUREL DE TERMINALE ! ÇA FAIT DÉJÀ TROIS ANS, OH LA LÀ !
ÇA ME GÊNE DE TE MONTRER ÇA !
J'AVAIS JUSTE MIS UN TABLIER PAR-DESSUS MON UNIFORME !
!

QUE TROIS ANS ?
DOM
POUR LUI, ÇA FAIT 15
LA DIFFÉRENCE D'ÂGE QUI FRAPPE DE PLEIN FOUET, TOUT À COUP
VOUS ÊTES TRÈS PROCHES, LÀ...
VOUS SORTIEZ ENSEMBLE ?
LE FUMIER... IL LA COLLE SUR TOUTES LES PHOTOS !
BROM
MAIS NON, ON ÉTAIT JUSTE DANS LA MÊME CLASSE !
JE TE L'AI DIT, J'AI JAMAIS EU DE COPAIN !
...
HAA...
MINORI EST TOUT DE MÊME TRÈS JALOUX DE CE SIMPLE CAMARADE DE CLASSE

Mini fraise ⑲ Les choses qui lui plaisent

WAOUH ! Y A PAS À DIRE, T'ES COSTAUD !
AH BON ? C'EST RIEN D'EXTRAORDINAIRE ...
ÇA PÈSE AU MOINS 40 KG, CE TRUC-LÀ...
TERREAU
HUM...
TU POURRAIS SANS DOUTE ME PORTER FACILEMENT AUSSI !
HEIN ?
TU VEUX ESSAYER ?
AAAH ! QU'EST-CE QUE TU FAIS ?!
...
JE VOUS RAPPELLE QUE VOUS ÊTES CENSÉS TRAVAILLER...
PAPY ! C'EST PAS CE QUE TU CROIS ! EUH...
PORTÉE COMME UNE PRINCESSE

POSE-MOI ! VITE !
OH HISSE...
...
JE M'ATTENDAIS PAS À CE QU'IL ME PRENNE AU MOT...
BOBOM BOBOM
PFF
TU PEUX FIXER SARA AUTANT QUE TU VEUX, JE TE LA LAISSERAI PAS !
PARDON ?!
QUE CE SOIT DIT !
DE TOUTE FAÇON, C'EST PAS À MOI QUE TU DEVRAS DEMANDER SA MAIN, MAIS À SON PÈRE
MORI !
APRÈS TOUT, C'EST MA PETITE-FILLE !
?

Le goût des FRAISES

Réponds ! T'es avec qui, là ?
C'est fini entre nous
FIN JANVIER
CHAPITRE 15
UNE AUTRE HISTOIRE D'AMOUR
KAORUKO IKEDA (20)
DING
DING
J'AI RETROUVÉ SARA, MON AMIE DEPUIS LE LYCÉE...
VOILÀ... JE SUIS TOMBÉE AMOUREUSE D'UN HOMME BEAUCOUP PLUS ÂGÉ QUE MOI...
DING
DING
ELLE VOULAIT UN CONSEIL SUR SA VIE AMOUREUSE, MAIS LE MÊME JOUR...
Désolé, je suis allé trop loin
J'ai fait un truc qui fallait pas ?
Je t'aime, c'est normal que je veuille savoir ce que tu fais
On devrait se voir pour en parler
J'AI ROMPU POUR DE BON AVEC MON MEC QUI AVAIT CINQ ANS DE PLUS QUE MOI
LES MECS PLUS VIEUX SONT TOUS BONS À JETER, LAISSE TOMBER
?!

TOUS MES COPAINS JUSQU'À PRÉSENT...
SE SONT AVÉRÉS TYRANNIQUES, ORGUEILLEUX ET D'UNE JALOUSIE MALADIVE
IL NE FAIT PAS EXCEPTION À LA RÈGLE...
EST-CE QUE C'EST MA FAUTE ?
FAUT CROIRE QUE J'AI VRAIMENT PAS L'ŒIL POUR LES MECS...
UN SOIR, IL M'A MÊME ATTENDUE À LA SORTIE DE MON BOULOT... ÇA FAIT FROID DANS LE DOS...
T'ES SÛRE QUE ÇA VA ALLER ?
OUI, J'AI DÉMISSIONNÉ, ÇA NE SE REPRODUIRA PLUS !
L'AMOUR N'EST PAS UNE PARTIE DE PLAISIR...
QUAND ON ATTIRE QUE DES TARÉS
MAIS QUAND JE VOIS SARA TOUT SOURIRE...
ÇA A L'AIR SI AGRÉABLE D'ÊTRE AMOUREUSE

MOI AUSSI, JE VEUX UNE JOLIE HISTOIRE...
AVRIL
IKEDA
UN REMPLACEMENT ?
OUI ! LA MÈRE DU PATRON A ÉTÉ HOSPITALISÉE, ALORS ON MANQUE DE PERSONNEL
TU TRAVAILLES PAS EN CE MOMENT, SI ?
GRAND FRÈRE
JE T'EN SUPPLIE ! TU PEUX RESTER QU'UN MOIS SI TU VEUX !
OK... ÇA MARCHE

RAMEN TONKO TSU
OUVERT
TU ES LA SŒUR D'IKEDA ?
ENCHANTÉ ! JE SUIS LE PATRON, ATSUSHI NISHIZAKI
LE PATRON ? MAIS IL A PRESQUE LE MÊME ÂGE QUE MOI...
WAOUH...
JE M'APPELLE KAORUKO IKEDA
FWIP
OH, TU AS DÉJÀ TRAVAILLÉ DANS LA RESTAURATION ?
PARFAIT !
MERCI D'ÊTRE VENUE, TU NOUS SAUVES LA MISE !
C.V.
DE RIEN, MERCI DE M'AVOIR PRISE

OUI ?
?
AH, PARDON ! JE VAIS T'EXPLIQUER TOUT CE QU'IL Y A À SAVOIR, VA TE CHANGER D'ABORD !
TIENS, TON TABLIER
CLING
CLING
VRAM
BIENVENUE !
...
MERCI, AU REVOIR...
ATTENTION À LA MARCHE...
OH, MERCI...
RAMEN TONKO TSU

TU PRÉPARES LES GYOZAS À LA COMMANDE ?
C'EST PAS DU CONGELÉ ?
OUI, JE PRÉPARE LA GARNITURE TOUS LES MATINS
MON PÈRE A TOUJOURS FAIT COMME ÇA, JE POURSUIS LA TRADITION !
PAF
PAF
PAF
PAF
HOP !
TEMPS : QUATRE SECONDES
T'ES ULTRA RAPIDE !
COMMENT T'ARRIVES À LES FAIRE AUSSI PARFAITS ?!

OH...
C'EST L'ENTRAÎNEMENT ! J'AI COMMENCÉ À L'ÂGE DE 20 ANS, ALORS HEUREUSEMENT QUE JE SUIS AU TOP, TREIZE ANS PLUS TARD !
HÉ HÉ
HÉ HÉ !
WAOUH...
?!
JE... JE CROYAIS QUE TU N'AVAIS QUE DEUX OU TROIS ANS DE PLUS QUE MOI !
HA HA HA ! ET NON, J'AI 30 ANS !
!
ON ME DIT SOUVENT QUE J'AI UNE TÊTE DE BÉBÉ !
J'EN IMPOSE PAS TROP, HEIN...
NON, J'AI JAMAIS DIT ÇA...
CET HOMME...
TIENS !
TU DOIS GOÛTER LA SPÉCIALITÉ DE LA MAISON
HÉ, C'EST MA COMMANDE !
FRÈRE

RAM
ÇA DECHIRE !
T'AS VU ÇA ?
ATSUSHI...
SOURIT COMME UN ENFANT

VRAM
KAORUKO ?
BIENVE...
POURQUOI MON EX EST LÀ ?
JE... JE VOUS ÉCOUTE
ALORS C'EST LÀ QUE TU TRAVAILLES MAINTENANT ?
TAP

J'ÉTAIS PAS PRÊTE...
IKEDA ?
ÇA NE VA PAS ? TU CONNAIS LE CLIENT QUI VIENT D'ENTRER ?
C'EST MON EX...
TU ES BLANCHE COMME UN LINGE...
Comment ça va ? J'ai une mission pas loin de ta fac, ça te dit qu'on aille boire un café ?
(25/03)
Tu étais à la gare, aujourd'hui ? J'ai cru t'apercevoir sur le quai. Tu as trouvé du boulot pas loin ?
HOU LÀ...

APRÈS LA FERME-TURE
C'EST LE GENRE DE MESSAGE QU'IL M'ENVOIE DEPUIS LA RUPTURE
TU ES SÛRE DE VOULOIR LAISSER COULER ? IL TE STALKE, À CE STADE-LÀ...
ÇA DEVRAIT ALLER !
IL M'AVAIT ATTENDUE À MON ANCIEN BOULOT, MAIS ÇA REMONTE, MAINTENANT...
C'EST PAS BON, IL A DÉCOUVERT OÙ TU TRAVAILLAIS...
TU DEVRAIS RENTRER EN TAXI...
NON, NON ! NE T'INQUIÈTE PAS !
JE NE M'ATTENDAIS PAS À LE VOIR ICI, ALORS JE SUIS ENCORE UN PEU SONNÉE
BONNE SOIRÉE !
MAIS ON A ROMPU DEPUIS DES MOIS, IL A ENFIN DÛ LÂCHER L'AFFAIRE...

RAMEN
TONKO
TSU
KAORUKO...
TU M'AS ATTENDUE ? TU FAIS FLIPPER, SERIEUX...
TONKO
TSU
DESOLE
MAIS JE SUIS TOUJOURS AMOUREUX DE TOI...
A... ARRÊTE, LÂCHE-MOI...
RAMEN
TONKO
VLAAN

TU VOIS BIEN QU'ELLE A PEUR, LAISSE-LA TRANQUILLE
T'ES QUI, TOI ?
TU TE RENDS COMPTE DE CE QUE T'ES EN TRAIN DE FAIRE ? TU LA COINCES À LA SORTIE DU TRAVAIL COMME UN TARÉ
?!
UN TARÉ ?! JE L'AI SEULEMENT ATTENDUE POUR QU'ON DISCUTE !
ÉCOUTE...
PEUT-ÊTRE QUE TU VOIS TES MESSAGES ET TES EMBUSCADES COMME UNE TECHNIQUE DE DRAGUE...
MAIS CE QUE TU FAIS, ÇA S'APPELLE DU HARCÈLEMENT
TU LA TERRIFIES

AH...
PARDON ... C'ÉTAIT PAS DU TOUT MON INTENTION...
JE SUIS DÉSOLÉ, KAORUKO...
RAMEN TONKO TSU
ON PERÇOIT TOUS LES CHOSES DIFFÉREMMENT ...
IL DEVAIT ÊTRE PERSUADÉ QU'IL AVAIT ENCORE UNE CHANCE
TOUTES MES RELATIONS FINISSENT MAL...

JE TOMBE QUE SUR DES MECS POSSESSIFS QUI CHERCHENT À ME CONTRÔLER ...
CELA DIT, C'EST MON PREMIER STALKER
JE SAIS VRAIMENT PAS LES CHOISIR...
NORMAL, TU N'AS QUE 20 ANS !
TU AS TOUT LE TEMPS D'APPRENDRE À REPÉRER LES GENS À ÉVITER !
UNE BELLE RENCONTRE T'ATTEND, J'EN SUIS CERTAIN !
O... OUI, TU AS RAISON !
BIEN SÛR QUE J'AI RAISON !
T'ES UNE FILLE SUPER, TU AURAS TOUJOURS PLEIN D'HOMMES À TES PIEDS !
HEIN ?!

TU ES TRÈS ATTENTIVE AUX AUTRES ET TU AS LA TÊTE SUR LES ÉPAULES
TOUT EN AYANT UN PETIT CÔTÉ INNOCENT
AH !
ET TON SOURIRE EST RENVERSANT !
BLUSH
JE NE TE PRENAIS PAS POUR UN BEAU PARLEUR...
AH !
HEIN ?! C'EST L'IMPRESSION QUE JE T'AI DONNÉE ?! DÉSOLÉ, JE VOULAIS JUSTE TE REMONTER LE MORAL... HA HA HA...
OH NON, JE L'AI MIS MAL À L'AISE...
PARDON ...
JE VEUX DIRE, MERCI...

C'EST PAS GRAVE
IL ME TRAITE COMME UNE GAMINE...
EN TOUT CAS, JE PENSE QU'IL A COMPRIS LE MESSAGE
MAIS SI ÇA CONTINUE, PARLES-EN À QUELQU'UN, D'ACCORD ?
QUE CE SOIT UNE AMIE, TON FRÈRE... OU MÊME MOI...
JE MAINTIENS QUE TU FERAIS MIEUX DE RENTRER EN TAXI
JE VAIS EN ATTENDRE UN AVEC TOI
VRAM
HEIN ?!
NON, C'EST PAS LA PEINE, JE PEUX ATTENDRE TOUTE SEULE !
JE SUIS PLUS UNE ENFANT, TU SAIS...

JE SAIS. C'EST COMME ÇA QUE JE TRAITE LES FEMMES
EN Y REPENSANT...
C'EST À CE MOMENT-LÀ QUE JE SUIS TOMBÉE SOUS SON CHARME
SEULEMENT, IL M'AURA FALLU ENCORE QUELQUE TEMPS AVANT DE COMPRENDRE LA NATURE DE MES SENTIMENTS
GH...
IL A DIT QUOI, LÀ ?

QUELQUES JOURS PLUS TARD
MINORI...
J'AI PAS ÉTÉ COOL AVEC TOI, JE M'EXCUSE...
HEIN ?
DÉSOLÉ DE T'AVOIR DIT DE NE PAS TE FAIRE DE FILMS...
ET DE TE RÉSIGNER PARCE QUE ÇA MARCHERAIT JAMAIS !
C'EST PAS ANODIN L'ÉCART D'ÂGE EN AMOUR !
OÙ EST-CE QUE TU VEUX EN VENIR ?
HAA...
AU DÉBUT, JE LA PRENAIS POUR UNE FILLE PLEINE D'ASSURANCE, MAIS...
QU'ELLE EST BELLE, QUAND ELLE SOURIT

MINORI !
...
JE TE COMPRENDS. QUAND ELLE NE SOURIT PAS AUSSI, J'IMAGINE...
DANS LE MILLE
AVEC LA DIFFÉRENCE D'ÂGE, C'EST DUR DE LUI AVOUER CE QUE JE RESSENS...
...
PSST...
J'AI FAIT MA DÉCLARATION À SARA HIER
HUM... JE VOIS...
...
PARDON ?!
TU LUI AS DIT ?!
OUI, MAIS À MOITIÉ
À MOITIÉ ?!
COMMENT ÇA ?!
CLAC
BONSOIR !
OH ! SALUT IKEDA !
HUM ? UNE NOUVELLE RECRUE ?
PSST PSST
ON FINIRA CETTE CONVERSATION PLUS TARD !
ÇA DOIT ÊTRE UN DE SES AMIS

L'UN CONNAÎT SES SENTI-MENTS
L'AUTRE PAS ENCORE
COMMENT CETTE HISTOIRE ÉVOLUERA-T-ELLE ?
UNE BELLE RENCONTRE T'ATTEND, J'EN SUIS CERTAIN !
« COMME MOI, PAR EXEMPLE »
J'AURAIS CLAIREMENT PAS PU LUI DIRE ÇA...
Fin du tome 2

W0385597

Le goût des FRAISES

SONO KOI WA ICHIGO NO YOU NI vol.2

First published in Japan in 2019 by SQUARE ENIX CO., LTD.
French translation rights arranged with SQUARE ENIX CO., LTD.
and UNIVERS POCHE S.A. through Tuttle-Mori Agency, Inc.

French Translation by Éditions Kurokawa
Collection dirigée par : Grégoire Hellot
Traduction : Gaëlle Ruel
Lettrage : AQ

Loi n°49.956 du 16 juillet 1949
Sur les publications destinées à la jeunesse.

ISBN : 979-10-420-1495-7

Kurokawa - 92, avenue de France - 75013 Paris

Dépôt légal : avril 2024
Imprimé en France par Aubin Imprimeur

KUROKAWA